有世独信小品集

有世独信

まえがき

本書は、私（本名、有元利通）の富士山一〇〇〇回登頂（二〇二二年一〇月一九日達成）を記念して出版するものです。

それ故、私が山に登る上で色々教わったり、励ましていただいたり、お世話になった方、親しくしていただいた皆さんに、感謝し献ずるものです。色々迷惑をかけていた妻にも感謝します。

なお、有世独信の筆名は第一部の作品を書いていた頃の最初のもので、第一部はその筆名で同人雑誌『こもれび』にも使ったものですから、それを生かすためにも使用するものです。

目次

第一部　どぜをのつぶやき

女神の行方

女神は彼に対して口を噤んで了《しま》った。

かつて女神は彼に向って微笑んだように思われた。実際女神は微笑んだのだ。

しかし、今、女神は口を噤んで了ったのだ。女神が口を噤む前、彼は女神に長い手紙を書いた。彼は、その手紙の中の言葉が女神の怒りにふれたか、嫌気を起こさせてのだろうと思った。彼はそれも仕方のないことだと思った。

というのは、彼はその手紙に有りのままを書いていたのだから、そして彼は有りのままのことをより尊いことと考えていたから、たとえ嫌がられても、怒られても有りのままのことがそうさせるのなら全く仕方がないことだと思うのだった。

女神は地上の彼と戯れようとしたのだ。

彼はロマンチストではなかった。

女神は地上の彼と楽しく戯れることだけを望んだのである。

彼は、戯れることを嫌ったわけではなかったのだが、しかし、地上に這いずり回っている彼には、地上に生きている存在としては戯れる丈では許されないといった風な気がしていた。だから彼はありのままをどこでも自分の前に出して見せておく必要があった。もちろん、誰に対してもそうだった。

女神は求めようとしたものが得られないので彼を最早気に掛けるはずはなかった。元々、彼は地上に這いずり回っている生き物なのだ。女神の世界は地上にあるのではない。女神は求めても得られそうもない地上に対して口を噤み、地上を去ろうとしていた。

女神は求めても得られそうもない地上の彼に対し、口を噤んだ。遠い自分の世界に戻ろうとしていた。

女神は自分たちの世界へ帰るための旅装を整え終わった。女神は自分の求めるものをこの地上にではなく、自分と意識が繋がる世界に求めて旅立った。

彼は、女神が地上に留まることを希望した。

彼は女神が地上に留まり、彼の傍らに留まってくれることを希望した。

しかし、女神は今、彼の眼前を去っていきつつあった。

彼は後を急いで、しかも静かに追った。

女神は彼の前を静かに、彼よりももっと早く進んで行った。

女神は雪に白く輝く峰を登って行った。

彼がその峰の麓近くまで追って来た時、そ

の峰の頂に白い雲が上の方からかかった。その雲は、見ている彼には、若い白馬《しろうま》のように思われた。

彼は歩みを忘れ、佇んでいた。

夜明けなのか、明けきっているのか、わからなかった、その雪と雲とその峰の頂辺りのために。それは強過ぎもせず、弱すぎもせず、しかし美しい輝きであった。

やがて雲が少し動き始めた、そしてその白馬と供にゆっくりと白い峰が動いて行くように見えた。白馬にも、峰にも女神の姿は見えなかった。

やがてその白い雲が東へ去っていった。

その峰が大きな白い馬のように、じっと見つめている彼には思われた。

そしてゆっくりと動いているようにさえ、じっと見つめている彼には思われた。

女神は去っていった。

春、雪が少しずつ溶け始めると、白い馬の形がその山には現われる。

シ…ロ…ウ…マ…ノ…ミ…ネ……

同人誌『こもれび』№1（昭和52年1月31日発行）

伊吹の山は

伊吹の山は
三合で突起をなし、
やがて窪地をつくり、
五合目《ごんごうめ》より急坂となる。
西に比良を見
　琵琶湖を見る。
上に登りて
　南に遠く鈴鹿を見る。
九合で鞍部に出でて
　測候所の鉄塔を見る。

山頂は四方を見せるが
　御岳、中アは雲隠れ、
　北も雲流れ加賀白山は姿を見せず、
おっと指さす能郷白山。
北風は吹きだまりをつくり、
鉄塔を白く北に出っ張らせ、
小さなシュカブラをつくる
三月の山。

『こもれび』No.1

どぜをのつぶやき

小さなあぶく、
どぜをのひげ。
小さなあぶく、
澄んだ水。
あぶく、あぶく、白い小さなあぶく、
春の光が落ち　水面は柔らかく光る。
一匹のどぜをは　時々浮き上がっては
　小さなあぶく。
あぶくは一つ、二つ、三つ
白い小さなあぶくがゆっくりと流れる。

蟹はどぜをに　話しかける
赤い腹と黒い背のイモリも話しかける。
でも　どぜをは　時々小さなあぶく。
あぶくは一つ、二つ、三つ
白い小さなあぶくがゆっくりと流れる。
水の上は　水の中より一層やわらかく
　　暖かい春。
小さなゴミは水に落ち流れる。
どぜをのひげに触れる。
でも　どぜをは　相変らず、あぶく。
あぶくは一つ、二つ、三つ
白い小さなあぶくはゆっくりと流れる。

『こもれび』№2（昭和53年1月31日発行）

愚鈍なる魂

彼は鈍い
彼はのろまである、何をするにものろい。
彼は見る、聞く、読む。
彼は感じとる
いくつかのものを。
多くをつかむことは出来ぬ、
しかし　彼は確実に
感じとる、幾つかのものを。
彼は反芻する
飯を食いながら、

歩きながら、
電車の中の他人の顔を見ながら。
彼に捉えられたものは
彼の体内に　確実に吸収される。
そいつらが
彼の脳髄に　心臓に
熱い血を注ぐ。
愚鈍の中に熱い魂がある。
愚鈍なるが故の
一つの集中した
熱い魂がある。

『こもれび』No.3（昭和54年1月31日発行）

子ども

スケッチ　一

ある日、始発駅で電車に乗って発車を待っていると、三つ、四つの女の子が母親といっしょに乗り込んできた。彼女は何かに見とれていたのだろう。そして、気がつくと母親の存在が感じられなかったのだろう。急に母親を呼び求めて泣き始めた。

赤ん坊を背負った若い母親は彼女の隣で窓の外を見ながら立っていた。母親は娘がすぐ気づくと思ったのか、娘に自分の存在を知らせなかった。

しかし、小さな娘の視野に母親の姿は入っていなかった。彼女に見えるのは座席に座った乗客達、それから、まだ乗客が乗り込んでいる開かれたドアから見える、隣のホームに着いた電車から降りて出札口へ向かう乗客ばかりであった。

そして、彼女が列車内から外に目を移したとき、外の出札口に向かう人々を見た瞬間に彼女は不安になったのだ。

彼女は、母親が列車を降りて人々といっしょに出札口へ向かった、自分は一人残された、と思ったのだ。

そう思うと、彼女の胸の内に、急に一層の悲しみと不安がこみ上げてきたのだ。

彼女は列車を飛び降り、泣き叫び、出札口の方へ走って行きだした。

ここに至って、初めて母親は、娘が自分の存在を思い起こさなかったことに、気がつかなかったことに驚き、狼狽して、娘の後を追って電車を降りていった。

やがて、発車の時間がきた。ベルが鳴り、ドアが閉められ、母子を残したまま電車は発車した。

スケッチ　二

また或る日、お茶の水から東京行きの電車に乗り込むと、三十歳ぐらいの労働者風の男と同年齢ぐらいのその細君らしき女が、可愛い小さな女の子を連れて、座席に座っていた。小さな女の子は彼らの可愛い子どもであろう。

電車が駅を出ると、隣の軌道を黄色の総武線の電車が並行して走りだした。やがて、交差して総武線の電車はこちらの電車の上方を走り始めた。

彼女はそれをじっと好奇の眼で見つめていた。そして、隣の母親に、何か感動して呟いていた。

黄色の電車は離れて見えなくなった。

彼女は思い出したように、尿意を催したことを告げる。母親も父親も微苦笑をしながら、待つように言う。

「もうすぐ駅に着くからね、待つのよ」

だが彼女は、可愛い顔でさかんに訴える。

まわりの 乗客も微苦笑を禁じ得ない。

やがて電車は、神田駅に着くところであった。母親は、父親に手荷物を渡し、彼女を抱き上げて、ドアの前に行く。父親も立ち上がる。母親は彼女の催し口の辺りをおさえている。電車はホームにかかる。

彼女は尚も訴える。

母親は言う、

「ほら、着いた。もう少しよ！」

止まる、ドアが開く、彼らは足早に降りて行った。

彼女は偉大である。

彼女はついに、二人の大人を彼女に従わせて了ったのである。

彼女はさかんに尿意を訴えたが、それほど困った顔はしていなかったのである。あるいは彼女の可愛い顔がそう僕らに思わせたのかも知れない。

乗客たちは、彼らが慌ただしく降りていき、再び動き出した電車内で、微苦笑を禁じ得ないのであった。


（一九七一年十一月）

『こもれび』No.4　昭和55年1月31日発行、所収

〈山屋の童話〉

赤城雪原 Ⅰ

ザックが歩いているぞ、
雪の上を歩いているぞ。
　よち、よち。
　よち、よち。
ドサッ！
ザックが雪の上で止まったぞ。
あっ！　また動くぞ！
右の方が少し雪の上に上がってきたぞ、
また、右が下がったぞ、
左の方が上がってきたぞ
やあ！　上がった！　上がった！
右の方も上がった！　上がった！
ザックがまた歩き出しました。

こんもりした雪の上から見ていたうさぎが弟のうさぎに言いました。

小さな弟のうさぎも雪の穴から体を乗り出して、時々見ていました。

少し古くなった薄黄色のザックは二月のとてもきれいな雪の上を歩いています。

うさぎたちは雪の中で遊んでいて、急に「ほっ！」と雪の中から飛び出しそうになった時、このザックを見つけたのです。

小さい方のうさぎは、大きい方のうさぎに言いました。

「あれは何だろうね。あの中に何が入っているんだろうね」

「わからないよ。だけど、重そうだね」

と大きい方のうさぎが言いました。

「近づいて調べてみようか」と小さい方のうさぎが言いました。

大きい方のうさぎは、「うん！　行ってみよう！」と言って穴から体を半分ほど出して、小さい方のうさぎに「さあ！　行くよ！」と言いかけた時です。

よち！　よち！　伏しがちに歩いていたザックが起き上がりだしたのです。

横になって上に上に進んでいたザックが斜面を上に上にと進むのを止めて、起き上がり始めたのです。

小さなうさぎが頭を雪の中から出し、大きなうさぎは体半分を出したまま、そのザックの動きを息をこらして見つめました。

すると、ザックの前に大きな人間がいました。

二匹のうさぎは一瞬身を縮めました。

それはこのうさぎたちが人間の恐ろしさを知っていたからです。

しかし、この二匹のうさぎの目に今見える

人間は、彼らの知っている恐ろしい人間とは少し違っていました。ちょっと見ただけではわかりませんが、よく見ると違いました。

いつも二匹のうさぎのお父さんや、お母さん、お兄さん、お姉さんや、森の仲間たちが「あれは恐ろしい人間だよ！」と教えてくれていた人間とは身なりが違うのです。

恐ろしい人間はいつも恐い犬を連れて、鉄砲をもって、背中に網の袋を負っているのです。

でも二匹のうさぎの前にいる人間は白い刃のキラキラする棒のようなものを持っているのですが黒い鉄砲とは違うようです。それに第一恐い犬を連れていないのですから、恐い人間とは大違いです。網の袋もありません。しかし、網の袋よりももっと大きな、あの大きな少し古びた、薄黄色の袋があるのです。何が入っているのかなと思ったあのザックがあるのです。そしてもう一つ気になるものがありました。それは鉄砲を持った恐ろしい人間がしているのと同じように、その人間が森の仲間の穴熊を毛皮にして腰につけていることです。

本当に恐ろしい人間なのか、恐ろしくない人間なのかと二匹のうさぎは一瞬考え込んだのでした。そして二匹のうさぎは黙ったままその人間が動くのをじっと見つめていました。

　その人間は前かがみの姿勢から身を起こして、五、六歩前へ進んだと思うと右足が雪の中にすっぽりと入ってしまいました。雪はその人間の足の付け根までありました。そこでその人間は白い刃のキラキラする棒のようなものを杖にして、右足を雪の中からやっとこさ引っ張り上げて、「ふうー！」とため息をつきながら、大きなザックを背負ったまま片側の斜面に腰を下ろしました。

　そこは二匹のうさぎが居る所から数メートルしか離れていない場所だったので、二匹はびっくりしてしまいました。

　でも、その人間は二匹のうさぎには全然気がつきません。そして、その人間は自分がさっきまで登って来た、雪の坂の上についている足跡を見て、それからもう少し上の方の、遠くの方を見ながら、「おおっ！　浅間が見えるじゃないか。白い煙も見えるな」と言って少しにこにこしているようでした。

　その人間は二匹のうさぎの住んでいる山から西の方にあって、一年程前から何度も黒い煙を吐き出して、大きな音を出している山のことを言っているようでした。

　その山は、今は白い煙を出しているのでし

た。その男はズボンのポケットから何か取り出して、〈チャリ、チリ、チリ、ヂャラ〉と音をさせて、その中味を口に入れました。それは二匹のうさぎが話に聞いていた、人間の子供が大好きなキャンディーというもののようでした。

それから、また、その人間は、今度は少し横向きになってあの大きな薄黄色のザックの片側の取り出し口から白い筒のようなものを取り出して、自分の口につけて何かを〈ごくり、ゴクリ〉と音をさせながら、ゆっくりとおいしそうに飲んでいました。

はたして、人間の正体は？

二匹のうさぎは興味あるその人間とザックをじっと見つめていました。

その時です。両側より少しくぼんでいる人間の道を横切るように二匹のうさぎの方へ駆けて来るものがありました。

「あっ！　お母さん！」と小さな叫び声を小さいうさぎがあげました。

でも、その声は人間には聞こえなかったようです。しかし、雪の上を大きくとびはねて来る親うさぎの足音は雪のある静かな山で、その人間の耳に聞こえたのでしょうか。白い雪の上に、薄茶色の毛をした親うさぎの姿を目にすると、その人間は振り向いて、「ダーン！」、「ダーン！　ダーン！」と大きな声を出しました。

二匹のうさぎは、びっくりして雪の穴の中に潜り込みました。そこへ、急いで来た親うさぎも飛び込みました。

その後、少ししーんとしていました。

それはほんの少しの間でした。

二匹の小うさぎは親うさぎが止めるのも聞かないで、その出入り口の方にこわごわと頭を少し出しかけました。その時、人間の「口鉄砲では、うさぎもびっくりしないな」と、笑いながらつぶやくのが聞こえてきました。

二匹のうさぎはさっきと同じ様子でじっと外の人間の気配に注意していました。

やがてその人間は、「ヨイショ！」と言って、あの大きな薄黄色のザックを背負ったようでした。それから、少しずつ雪の上を歩いていく音が聞こえ、うさぎたちの雪穴に近づき、やがて遠ざかっていきかけたので、二匹のうさぎは穴からそっと飛び出してみました。

もう人間は大分歩いて、どんどん山を登っていきます。二匹のうさぎたちが初めて見つけた時と同じようにザックが右に、左に、よちよち、よちよちと歩いているように見えます。そして、時々、人間は片足をすっぽりと雪の中に踏み入れては上の方に白い刃がキラキラする、そして下の方に大きな輪のついた棒を杖にして少しずつ、穴から足を抜き出しては進んで行きます。

　いつの間にか二匹のうさぎの後に出てきていたお母さんのうさぎが、二匹の小うさぎにうちの中へ入るように言いました。

　冬の日のお日様《ひさん》の光は大分斜めになっていました。

お爺さんの話

　その日、眠りにつく前に二匹のうさぎは自分たちが発見した人間のことをお母さんやお爺さんにいろいろと尋ねました。人間のことに詳しいお爺さんは「その人間は、怖くはないんじゃ。その人間はな、登山者といってな、山が好きで、好きで、大好きで山に遊びに来る人間なんじゃ。お母さんにダーン！　ダーン！　といったのは、わしらを驚かす悪いいたずらなんじゃ。だから、その人間はちょっといたずらが過ぎるようじゃが、いたずら好きの登山者という人間なのじゃ」と教えてくれました。

それからお爺さんはあの上の方に白い刃のキラキラする棒のことも教えてくれました。それは人間が〈ピッケル〉と呼んでいるものだそうです。そして、氷の上を歩く時に歩き易くするために氷を削る道具なのだそうです。だから、それは白い雪の降る冬にしか見ないものだと話してくれました。

それから、あの大きな「ザック」という袋には人間が山で食べるお米やパンや甘いお菓子や、時にはお酒というそれを飲むと気持ちが良くなったり、元気づいたり、少し浮かれだしたりするもの、眠る道具が入っていて、お爺さんは何度か遠くから見たことがあると話してくれました。

二匹のうさぎは、あの人間は今日どこで、どんな風に寝るのだろう、雪の中で寝るのだろうか。明日もう一度見ることが出来るかなと考えたりしながら眠りました。

次の日の朝、二匹のうさぎは目が覚めると、二匹そろって、外に出てみました。

そこには、人間が歩いた足跡だけが山の上の方に続いていました。そして、赤城山の白い雪の上には今日もお日《ひ》様《さん》が顔を見せ、柔らかい光を投げ始めていました。

『こもれび』№5（昭和56年3月10日発行）

赤城雪原 Ⅱ

雪の赤城山の中腹でうさぎに出会った山男は、また、頂上へ向かって歩いていました。時折、雪のため道がわからなくなって困っては、ザックを下ろし、道を探し出しては進むという具合でした。

やがて、男は足に疲れを感じました。そして、足は軽いケイレンを起こし始めました。ケイレンは直ぐに治りましたが、時間は遅くなり、もう夕方です。おまけに、また、道を失いました。そこで、男は目の前の沢を渡った所でその日は泊まることにしました。

青い「ツエルト」という簡易テントを張って、食事をしました。その後、男は寝袋の中に入って眠りました。

一眠りして、目の覚めた男はツエルトから外へ、雪の上に出ました。見上げると樹々の間の向こうに星が輝いていました。オリオン座の四ツ星がきれいに見えていました。「明日の天気も大丈夫かな?」と思いながら男はツエルトの中に入り、再び眠りました。

あくる朝、男は小雪の中を出発することになりました。その辺りは少し天気が悪くなっていたのです。でも、男は、夜眠る前に見つけておいた道を再び登り始めました。

よち、よち。

よち、よち。

ザックが歩いているぞ。

雪の上を歩いているぞ。

ドサッ！

ザックが雪の上で止まったぞ。

あっ！　また動くぞ！

昨日、二匹の子うさぎが見たのと同じ調子でした。

やがて、ザックの動きが止まりました。男はまた、道がわからなくなったのです。

ぶつ、ぶつ、つぶやいています。

男はこんなことを言っていました。

「おかしいな？　道はもう沢づたいになっているはずだ。しかし、ここから、あの崖下の沢には下りられん。危ない」などと。

オコジョ

しばらくして、男は歩き始めました。どう進むか決心したようです。男は真っ直ぐに赤城山の外輪山の頂を目指して登り出したようです。それから、三十分ほど歩いて男は雪の上に腰を下ろしました。

そして、あの〈チャリ、チリ、チリ、ギャラ〉と音をさせてキャンディーを口に入れて

「もう少しで稜線だ」と言って、上の方を見上げました。

そのときです。

男の目に小さな動物が写りました。うさぎではありません。男は、じっとその小さな白い動物を見つめていました。初めて見る動物でした。全体が白く、尾の先だけが黒くて小さないたちのような動物です。

「うーん。きっと、オコジョだ！」

男は思いました。

男が見つめている間、オコジョも男を見つめていました。男は写真を写そうと思って、写真機の入っているザックに手をやろうとしました。すると、オコジョは雪の穴の中に素早く隠れてしまいました。

男は「写真は駄目かな」と思い、手を元に戻して休んでいると、その白い毛をした二十センチほどのオコジョがその穴から再び、ヒョコと姿を見せました。

男は「今度も駄目だろうな」と思って、じっと見ていました。オコジョの方もじっと見ています。「写真に撮れるかな？」と思って、男はまた、静かにザックに手を回そうとします。

するとやっぱり、オコジョも雪穴の中に隠れてしまいました。「もう、出てこないだろう。やっぱり、オコジョだな。そろそろ行くか」と男が思っていると、今度は男のいる所より下の穴から、先ほどの穴より二メートルほど下の穴から、また、オコジョがヒョコと姿を出して、男の方を見ているではありませんか。

もう男は写真を撮ることはあきらめて、じっと見つめていました。オコジョの方もじっと見つめていた後、雪穴の中に入り、もう出てきませんでした。

男はようやく立ち上がって、また登り始めました。空には少し晴れ間も見えてきました。急な雪の斜面をどんどん登っていきました。やがて、赤城山の外輪山の頂に出ました。下を見ると火口湖の大沼が見えました。こちらは晴れていました。

男は外輪山の中へ、火口湖へ向かって下りていきます。湖畔には別荘や学生達のための合宿所のようなものが建っています。湖上にはスケート・リンクが見えます。リンクで滑っている人やワカサギを釣っている人も見えます。昨日の夜、この山の中腹の雪の上で、一人眠ったのとは別世界のようでした。でも、東の外輪山の上の方には雪雲がかかっていました。

湖畔へ下りきった男は湖畔の周遊道路を歩

いて、赤城山で一番高い外輪山の黒檜山《くろびやま》の登り口へ向かいました。

吹雪

やがて、登り口へ着いた男は、あの薄黄色の大きなザックからビスケットや写真機だけを取り出して、小さなザックに入れて、大きなザックはそこに残して、小さなザックを背負って登り始めました。雪は降っていませんし、誰かの付けた赤い布切れも木の枝に見つけられましたから、雪に潜りながらも男は登って行きました。自分でも赤いビニール・テープを目印に木の枝に巻き付けて登りました。

……どうしてって？　……男が、自分が登り口に帰れなくなると困るからなのです。

もうそろそろ頂上に着く頃ではないかと思う頃、また、雪が降り始めました。男はそれでも登りました。

雪はひどくなってきます。風も出てきました。樹がほとんどなくなってきました。もう少しだと思いながら男は登りました。でも、もう吹雪で前が見えません。道もわかりません。男はまた道を失ってしまったのです。後を見ると、自分の足跡がどんどん雪で隠れていきます。男は大分、不安になりました。男は引き返すことに決めました。自分の足跡と目印のテープを探しながら一生懸命下りました。ようやく、登り口まで下ると、まだ、その辺りの天気はひどくありません。その日、男は湖畔から湖に突き出した半島のようなところにある小さな神社の横に泊まることにしました。

　男はまた、薄い青いツエルト(簡易テント)を張り、夕食を済ませて、外に出ました。もう、すっかり夜になっています。でも、外はそんなに暗くありません。空は満天の星におおわれて明るく、足元も雪明りで充分明るいのです。でも、空気は冷たく、どんどん冷込んでいくようでした。

「明日は大丈夫だ」と言って、男は一つのびをしてツエルトに入り、眠りました。

　一眠りして、男は風の音と寒さで目を覚ましました。風が薄いツエルトを震わせています。強い風が雪をたたきつけてゆきます。ツエルトの内側にヘッドランプの光が当たるとキラキラと光って見えました。夕食の時、湯をわかし、その湯気や眠っているときに出した吐く息がツエルトの内側に凍り付いて光っているのです。それはとてもきれいでした。

　でも、感心してばかりもいられません。そ

のツエルトに付いた薄氷が風で揺れるたびに、男の入っている寝袋の上に降ってくるのでした。男は石油コンロに点火してあたたまったり、降ってくる氷を除いたり、また、眠ったりして夜明けを待ちました。

朝がくると、男はもう一度、昨日の黒檜山へ向かいました。空はすっかり晴れて雲一つありません。昨夜のはどうやら地吹雪だったようです。昨日、登った所まで来ました。そして、それから五分程も歩くと赤城山の外輪山の中で一番高い山の頂上に着きました。

男の顔は寒さで少し引き締まっていましたが、心の中では「やった！」という満足感で一杯でした。

男はその頂上から見える四方の山を見ては「オウ！　富士山。秩父。南アルプス。八ヶ岳」などとつぶやきながら顔は笑顔になり、唯、もう、阿呆のように、にこにこしていました。

初めて、冬山に一人でやって来て頂上に立って仕合せそうな男の上で二月半ばのお日《ひ》様《さん》もにこにこしていました。

註…オコジョ。肉食の動物でイタチの仲間。別名、山イタチともいう。頭の先からしっぽのつけねまでの長さ15～20㎝。夏毛は背面が茶色、腹面は白い。冬毛は全身が白く変わるが、尾の先だけは夏冬ともに黒い。本州では中部山岳地帯より北に分布し、ふだんは１５００ｍ以上の亜高山帯にすむが、冬は８００ｍぐらいまで下る。ネズミ、小鳥の卵、昆虫などを主な餌にしているが、ときにはノウサギなどもおそうことがある。（増田もどき著『オコジョの住む谷』より）

（昭和58年12月20日発行『こもれび』№８所収）

註２…通常、野うさぎの冬毛は白ですが、ここでは話の都合で薄茶色にしてあります。

第二部　還る

コイモスル

人思えば　食せず
人恋せば　食せず　頬はこけ　身は細り

（2011・11・25 朝）

なまえ

名前は？

有世独信

そう

名前は？

麻機管区気象台長

そう

名前は？

ヨハン・セバスチャン・バッハハッハ

そう

名前は？

Ｊａｃｋ　Ａｍａｎｏ

そう

名前は？

ウンコロビッチ・アリモト・クソッタレフスキー

そう

みな　使いました

ほんと　そうなんだ

ノガモ

足音聞きてか　鯉はくる
鴨は　去る
と思いきや
鯉の後ろに　戻ってくる奴もいる
編隊を組んで　向こうに行く奴もいる

まるで　人が　鳥の形をした足踏みボートを漕ぐように
あれは　ノガモか

（２０１１・11・10　安倍川へ放水路から注ぐ地点）

ミミズ国

地球上のジャポンというところに海面下から五千八百メートルほどの山が一つあります。海抜高度は三千八百メートルほどですから、地球全体から観ると小さい可愛い突起の一つにすぎません。でも、ジャポンではこの山は一番高いので沢山の人が登りにやってきます。中には、高山病になるという人もあるそうです。

この山は、竹取山、羽衣山、東山（あずま）、未通女子山（おとめこ）、穀聚山、藤ヶ岳、鳴沢の高根、新山（にい）、常磐山、二十山（はたち）、三重山（みえ）、神山、星合山、ほし合の岳、たからの山、国見山、鳥の子山、富児、富嶽、富地、不二嶽、不二の小山、大山、など百以上の表し方のある「富士山」という山なのです。

その富士山という山に富士宮という処から上がって新五合目というところまで車で行きます。そこから歩いていくと路の両側にミヤマハンノキ、ミヤマヤナギ、カラマツなどといった木があるところが出てきます。

いや、その辺りに「ミミズ国、ミミズ団地」があるのです。

もちろん、住者はミミズさんです。

そう、プルクワ？　ですね。どうして、ここの住者のミミズさんたちがこの二千四百メートルを超えるところに、こんな処に住むようになったのか。それには訳があります。そうなんです。ものには何でも道理、訳というものがあるのです。

この山は、元々は火の山だったのですが火を噴かなくなってから、植生、木や草がどんどん生えて上へ上へと上がってきたのです。それにくっついて微生物、生き物たちも上へ上へと上がってきたのです。

そして、今のような「ミミズ国、ミミズ団地」が出来たのです。冬は雪も積もるし食糧も多くはないのでそれほど大きな国や団地という訳ではありません。

でも、ここはれっきとした「ミミズ国、ミミズ団地」なのです。

ここの住者のミミズさんたちにとって不幸なことがあるのです。それは、ジャポンの東京という処の千代田城跡の桜土手に住むミミズさんたちと同じようなことが起きるのです。千代田城跡の桜土手に住むミミズさんたちは暑い夏に雨が降ると喜んで土の上に出てくるのですが一旦外に出るとそこはアスファルトというもので固められているので目のないミミズさんたちは土の中に戻ることが出来ず、雨の後、夏の暑い陽が出て照らされ焼かれて日干しになって絶命していくのです。

「ミミズ国、ミミズ団地」の辺りにはアスファルトというものはありません。ところが、ミミズ団地の住者のミミズさんたちも、夏でも秋でも雨が降ると喜んで土の上に出てくると雨の後、この山が火の山だったせいか表が固くなってしまって元の土の下へ潜っていけなくなるのです。

それから、「ミミズ国、ミミズ団地」の住者のミミズさんたちにはもう一つ危険なことがあるのです。それは、ミミズ団地の近くに「蛭団地」があることです。

そうなんです。雨の時、ミミズさんたちが出てくるように「蛭団地」の蛭さんたちも出てきて食糧を探しているのです。ミミズ団地のミミズさんたちは結構大柄で十五センチか二十センチメートルくらいあるのですが、蛭団地の蛭さんたちもそのくらいかもう少し大柄の者たちもいるのです。

そして、両者が遭遇したとき、ミミズさんたちの悲劇が起きるのです。蛭さんがミミズさんを感知すると尺取り虫のように進んできて動きの遅いミミズさんに吸着するのです。哀れ、ミミズさんは蛭さんに徐々に呑み込まれていってしまうのです。

こうして、富士山の「ミミズ国、ミミズ団地」の住者には厳しい世界が身近にあるのでした。

（2016・10・28）

伝言師

天気の良い時、九合目を登ってくる人へ
頂上が言ってたよ　『おいで』って
　〝うれしい！〟
天気の良い時に、八合目を登ってくる人に
頂上が言ってたよ　『おいで』って

〝ほんと、うれしい！〟
天気の良い時、七合目を登ってくる登頂できそうな女人へ、
頂上が言・っ・て・た・よ　『お・い・で』・っ・て
〝うれしい！　甘いささやき〟
天気の良い時、七合目より上を登っている男女へ
頂上から「ことば」を預かってきたよ

〝誰から〟

木花之開耶姫から

〝えー！〟

『待ってるよ　おいで』って

実、ならないでしょう

えっ！　うそ

いずれがナラか　コナラか　ミズナラか

いずれのおならか　とんと知れず

ナラヲ　とか

大相撲富士山頂場所

朝曇りがちだった
あおの大一番はなかなかの見ものだった

ちょっと振り返って見よう
まず、朝少し青空が出ていたんだ
だんだん曇りがちになったさ
だから簡単に勝負は付くと思ったんだ
予報も曇りだったしね

ところがどっこいだ

頂上お鉢に出たね
土俵に上がったんだ
軍配は持ったままよ

まず曇ってるだろう
まあ、早い勝負だろうと思っていたね
ところがところがだよ
馬ノ背の下に来るじゃない
南に青空があるんだよ
ちょっと残った　残っただよ

剣ヶ峰に行って山頂公衆トイレまで戻ると
おう！　青空頑張る

残った　残った
剣ヶ峰の上に　青空が広がっているんだ
北の空に　青空が広がっているんだ
そう　白山岳の上にも青空が広がっているんだ
いや　南側だって
三島岳の上にも青空が広がっているんだ
青空優勢
一気に青空の逆転勝ちか
奥宮前に戻ると
奥宮の上にも青空が広がっているんだ
青空勝利かと思った

だが

お鉢を下り出すと
もう勝敗は着いていた
もう　雲が広がっているんだ
曇りが落ち着いていたな
慌てることなく寄り切っていたよ

変わってる

目の前の木はドイツトウヒでは無いと思った。確かに樹皮は、帯赤暗褐色、葉は針状で短い。樅ではない。唐檜であることは間違いないと思った。

　少し疲れていたがその日は普通に仕事をこなして六時には帰宅していた。着替えていつもの通り帰りの遅い妻が作った、夕食用の野菜炒めと豆腐バーグと鮭のムニエルをチンした後で、夕刊を見ながらつまんだ。「麒麟淡麗」３５０㎖を四口で飲み干す。夕刊をめくってから魚の形をしたワインオープナーで赤ワインのボトル開ける、栓はポンという気持ちの良い音をさせて抜ける。オープナーはいくつか使った中で一番楽でしっかりしているお気に入りだ。ワインは普通のカベルネソービニヨンだ。

　一瓶を空けると眠くなる。風呂には入らず、二階へ上がって布団に潜り込んだ。

五時半頃目覚めた。家の女二人が昨夜入った風呂を追い炊きにする。その間に洗濯物を洗濯機に放り込んで回す準備をする。追い炊き中を示す赤色表示が消えたので入る。頭を洗って丸四日経っていた。その日も朝風呂の時に洗っていた。面倒くさかったので洗髪は止しにした。今夜か明朝の入浴の時に洗えば良いと思った。後ろ頭の髪に寝癖が付いていたので浴槽に浸かったまま湯に浸した手で髪を何回か撫でた。後でドライヤーで直せばいいやと思った。

　暖まり、アルコールも抜けた感じで湯から出た。勿論よく拭いてから上がった。トランクスを穿いてから櫛で頭の天頂から前に、下に下ろし掛けた途端。何が起きたか判らなかった。バラバラと音がして頭の上から蠅を少し小さくした程の大きさの物が降ってきたのだった。毛髪は、短く切れたものが四、五本落ちたばかりだった。固まりは白というよりは少し皮膚の色に近かった。よく見ると、頭皮のカス、フケと油脂分が混じって固まった物のようだった。驚いた。恐る恐る、もう一度櫛を動かした。再び、バラバラと落ちてきた。ショックだった。何故？頭の中はパニクっていた。

　どのくらい洗面台の鏡の前にいたのだろうか。仕事に行く時刻になっていた。その後、どうしたのか余り覚えていないが自分の部屋の書棚の上に置いていた野球帽を被って出かけた。出かけたものの足は職場に向かわなかった。自家用車は職場と反対の川の上流の方に向かって走った。

何故、何故。頭皮はどうなったのか、トウヒは、慌てていたので鏡で確認することすら思いつかなかった。ただぼーっとしていた、しているうちに眠った、眠っているうちに時間は経ちいつの間にか夕刻になっていたようだった。帰宅したが誰もいなかった。帽子を取って鏡を見たい気はしたが、恐ろしくて取れなかった。

妻や娘が帰宅した。大阪に勤めていて普段碌々帰りもしない息子までどういう訳か帰省して、三人が私を見つめていた。私の貌はどうにかなっていたのだろう。私にはその後のこともどうなったのか、今となっては記憶にないので皆目不明なのであった。

トウヒ、逃避、森、山、ザック、列車、唐檜、トウヒ……。

朝

朝が歩いているんだ
俺じゃない　朝だ
朝が動いているんだ　驚いたね

じっと見てるだろ
昨日元気のなかった草花が
草花の葉っぱや花が
ピッと　伸びてんだ
じっと見てるだろ

草花の間を
黒い子猫が
すり抜けていくんだ

新聞を読みながらコーヒーを飲んだ
また外に目をやった
小学生が通っていく
茶虎の猫が来た
子供が頭をなでる
茶虎は頭をこすりつけていくんだ

それから色々な音がしてきた
また新聞を読んでいた

いつの間にか
新聞を読みながら寝てしまった
冷めたコーヒーを飲み干した
外を見ると
どうも変だ
変わってしまった
朝がどこかへ行ってしまったんだ
花も
葉も
元気がなくなっていたんだ

天邪鬼

（八合目） 小学生？
がんばってください
はいよ

（八合半） 中学生？
がんばってください
……

（九合目） 若者
がんばってください

なんで

（九合目上）　若者
がんばってください
がんばらないよ
がんばらなくても歩いてりゃ着いちゃうよ

（九合五勺）　若者
がんばってください　　もうすぐです
知ってるよ　　○百回も登ってるんだから

エー！　そうなんですか
今年　○十回目だよ

がんばってください
がんばらないよ　こんな小さな可愛い山
歩いてりゃ着くよ

がんばってください
がんばらないよ　勘弁してくれ

天辺人《てっぺんじん》

――新しい富士山の歌――

一、成りたいね
成りたい
どうしたら　成れるの
阜《おか》が岐《わかれ》ている県からきたのに
でも　成れなかった
どうしたら　成れるの
天辺人《てっぺんじん》に
三七七六《みんななろう》　天辺人に

二、成りたいね
　成りたい
　どうしたら　成れるの
　二度も　二度も来たのに
　でも　成れなかった
　どうしたら　成れるの
　天辺人に
　皆《みんな》　成ろう　天辺人に

三、成りたい
　成りたい
　どうしたら　成れるの
　止まり　上ばかり見ていたら

そりゃ　成れないよ
どうしたら　成れるの
天辺人に
三七七六《みんななろぅ》　天辺人に

四、成りたいね
成りたい
どうしたら　成れるの
歩いて　下ばかり見ていたら
そりゃ　成れるんだよ
どうしたら　成れるの
皆《みんな》　成ろう　天辺人に

（2022・秋）

富士の山肌

そよと風に吹かれて
笑うイワツメグサ
踏まれて泣いている
オンタデ
時々草花の名を教える
あれは何
イタドリ

こっちはイワオウギ

ムラサキモメンヅルが咲いてきた
暑い夏のフジ
もうおわりだよ
フジハタザオは
雪解けからずっと咲いていたから
ごくろうさまだね

２０２１・７・25

唯一無二

いびつですね。
いびつですね。
いびつなんだ。

若い人　いびつですね
年配の人　いびつですね

わたし　いびつなんだ

若い技師　いびつですね
先輩技師　いびつですね

わたし　いびつなんだと　つぶやく

わたしの　エコーを見ながら

若い技師は言った　　いびつですね
先輩の技師も言った　いびつですね

寝そべったままの
　わたしは　いびつなんだと　つぶやいた
わたしは　いんけい癌と前立腺腫瘍の疑いで　検査入院となった

おばあさん

あなたは可愛い赤ちゃんでした
おばあさん
あなたは可愛い女の子でした
おばあさん
あなたは少しおてんばの少女でした
おばあさん
あなたは少しおませな人でした
おばあさん
あなたは恋をしました
おばあさん

あなたは失恋もしました
おばあさん
あなたはもう恋はしない
結婚はしないと言っていました

おばあさん
あなたはいつのまにか結婚していました
おばあさん
あなたは二人の子どもに恵まれました
おばあさん
子どもは無事に育っていきました
おばあさん
あなたはずっと働いてきました

おばあさん
あなたはいつのまにかおばあさんになりました
おばあさん
あなたのしわがふえましたね
おばあさん
あなたのしわはあなたの幸せと悲しみのかずなのですか
おばあさん
あなたは良いくらしをしてきたのですね
おばあさん
きっとそうですね

あとがき

有世独信《ありせどくしん》というペンネームを使うことにしたことは前書きに書きました。ペンネームは第二部の「なまえ」で書いた様に幾つか使ってきました。養護学校の高等部の生徒会紙にコラムを書く時とか、通信制の中央高校の職場山行の報告やら組合の分会ニュースに書く時など使い分けてきました。

有世独信はそれらに先立って最初に使ったものです。「世に有りて独り信ずる」の意味です。何を信じていたか、あの二十代の初期、信じ向かっていたものは「反戦・平和」です。さらに付け加えれば、「非武装・中立」というものもありました（まだ、ベトナム戦争の時代でした。本多勝一氏の『戦場の村』にも大きな刺激を受けました。）。精神的にはマハトマ・ガンジーの「サティア・グラハ」（戦闘的非暴力／無抵抗主義というのは誤訳）です。

私の一番好きな小説はロジェ・マルタン・デュガールの『レ・チボー』（『チボー

家の人々』です。『チボー家』との最初の出会いは高二の現代国語の教科書ですが、ここで取り上げてあったのは全五巻のうちの第一巻「灰色の青春」でした。ここは、これだけでは全く面白くない。著者自身が子ども向けに、少年向けにダイジェスト版を作った『少年版チボー家のジャック』が有ります。これを兄が弟用に送ってきてそれを私は読みました。それで『チボー家』の全体像、面白さが分かりました。それが高三の時で、さらにそのころ読んだ戦没学徒の手記、京大経済学部に在学中、学徒出陣になった林伊夫《はやしただお》氏の『我が命月明に燃ゆ』の中に彼がフランス語の原書で『チボー家』読んでいたこと、そして『チボー家』に惹かれていたことも刺激になりました。

そして、浪人して東京に出て早稲田の近くに（兄が早稲田に在学していた、その兄と二人で）八畳の部屋を間借りして二年間暮らしていましたが、東京に出てすぐ早稲田の古本屋街で『チボー家』の全五巻セットを買って、夢中で読みました。中心は「一九一四年の夏」ですね。つまり、第一次大戦の勃発の時です。戦争反対だと永世中立の国スイスに集まっていた若者たちが、祖国のためと国に帰り戦闘に参加していく中、独り主人公ジャック・チボー（兄の方が主人公だという人もありますが）は反戦の行動に立ち上がるのです。そこに私は惹かれました。そういう中でジェンニー・ド・フォンタナンとの恋も有るし、そしてジャックと引き替えのように生まれる息子・ジャンは当時実存主義の小説・劇作家として活躍していたジャン・ポール・サルトルのようにも見えたものでした。

　そういう幾つかの思いがあって「有世独信」というペンネームを使っていました。

　各作品については、当たり前のことですが読者の皆さんに好きに読んで頂ければ良い事です。第一部の作品については同人誌『こもれび』に発表したときより若干表記などで変えてあります。たとえば、「山屋の童話」のツエルトのエは元は小文字でした、また「うさぎ」は元は漢字で「兎」でした。

　同人雑誌、『こもれび』はキリマンジャロに登った翌年か翌々年に、第一号が出ました。主なメンバーは、一緒にキリマンジャロに行った大阪経済大学の西口紘志さん（後に湯布院に「ノーマン・ロックウェル湯布院美術館」を作った）が呼びかけ人の一人で、彼が中心になって大阪経済大学の関係者やキリマンジャロに行ったメンバーが参加していました。年一回の発行で十年間続きました。私の作品は山の記録書き下ろしは別として大概は書いておいたものでした。

　第二部にはもう一、二、作品を入れたかったのですが原稿が散逸して見あたらず載せることが出来ず残念でした。

（著者プロフィール）

有世独信（ありせ・どくしん）

〈本名：有元利通（ありもと・としみち）〉

昭和 24 年（1949）岡山県奈義町に生まれる
昭和 48 年（1973）中央大学経済学部経済学科卒業
昭和 50 年（1975）静岡県で教職に就く。以降、静岡中央高校などで教鞭をとる
昭和 60 年（1985）日本山岳会加入
平成 20 年（2008）法政大学文学部史学科（通信教育部）卒業

現在（公社）日本山岳会静岡支部公益事業委員長
静岡県高山植物保護指導員
表富士登山ガイドクラブ所属ガイド

本名による著書
『三百名山完登と富士山三百登』羽衣出版
『静岡県の山 50 選』静岡新聞社（共著）
『新日本山岳誌』ナカニシヤ出版（共著）
『新版　日本三百名山登山ガイド』（中）山と溪谷社（共著）

住所　〒 420-0871　静岡市葵区昭府二丁目 26-9
E-MAIL：fuji-ari @ nifty.com

有世独信小品集

令和五年二月十三日発行
定価　本体九〇九円＋税

著　者　有世独信
発行人　松原正明
発　行　羽衣出版
〒四二二—八〇三四
静岡市駿河区高松三二三三
☎〇五四・二三八・二〇六一
FAX 〃

ISBN978-4-907118-77-8 C0092 ¥909E